CHINTO y Tom heredaron de su tía una cama y un campo lleno de matojos. El campo está en lo alto de una colina. Desde allí arriba se divisa, por un lado, un verde valle salpicado de casas y de árboles. También se ven campos de cultivo bordeados por cercas de piedra. Justo por el fondo del valle discurre un arroyo cantarín. A Chinto le gusta sentarse en la cima de la colina y contemplar el valle.

Al otro lado de la colina está el mar, que rompe contra el acantilado rociando las rocas de espuma. Cuando el mar está en calma tiene un color azul turquesa. Otras veces se irrita y, entonces, se vuelve de un gris plomizo oscuro. Algunas veces, allá a lo lejos, pasan grandes barcos, pero con más frecuencia se ven cerca de la costa barcas pequeñas, que van a la pesca de la sardina o el jurel. A Tom le gusta sentarse en la cima de la colina y contemplar cómo el sol se hunde en la inmensidad del océano.

—Es un hermoso lugar para vivir —dice Chinto.

—Podríamos hacernos aquí una casa —dice Tom—. Una casita pequeña, con una puerta y dos ventanas: una que mire al valle y otra que mire al mar.

Para empezar, arrancan todas las matas y zarzas, porque pinchan y al pasar enganchan la ropa y la desgarran. Luego, siembran hierba, amapolas y margaritas blancas.

Después, acarrean en el tractor piedras, cemento y tejas. De inmediato se ponen manos a la obra. No quieren una casa muy grande, solo lo justo para resguardarse en ella cuando haga frío o sople el viento. Para cuando caliente el sol, plantan un castaño. Todavía es muy pequeño, pero con el tiempo crecerá y dará buena sombra, y servirá de morada a los pájaros que cantan al amanecer. A Chinto y a Tom les gusta escuchar la algarabía mañanera de las aves.

La casa ya está acabada. En el desván han abierto un ventanuco para que las palomas puedan posarse a descansar. Han pintado las paredes de amarillo claro y la puerta y las ventanas de azulón. Un azul luminoso y alegre como el que lucen las barcas de pesca.

Ahora ya solo queda traer la cama. A Chinto y a Tom les gusta dormir juntos porque de noche les dan miedo los vampiros.

Cargan la cama en el tractor y suben con ella por el camino de la colina; el tractor va renqueando y despacito, porque la cama es muy grande y pesa mucho. Es una cama muy antigua, toda de madera tallada. Y tiene un dosel con cortinas de seda, como las camas de los castillos antiguos. Es una cama muy elegante.

—¿Para qué les ponen cortinas a las camas? —pregunta Tom.

—Para que no te piquen los mosquitos por la noche.

—Es una buena idea —dice Tom—, y, además, así no nos ve el *Vión Malo.*

Al vampiro lo llaman el *Vión Malo;* le tienen tanto miedo que no se atreven ni a pronunciar su nombre. La palabra «vampiro» les produce escalofríos. Así que lo llaman el *Vión Malo* o el *Malo*, sin más. Ellos dos se entienden perfectamente.

Chinto y Tom intentan meter la cama dentro de la casa. Abren la puerta de par en par, pero la cama es muy ancha y no cabe. Le dan la vuelta y la ponen de canto. Vista así

11

tiene el aspecto de una puerta. Empujan con fuerza, pero tampoco entra.

—Hicimos una puerta demasiado pequeña —dice Chinto.

—La tía hizo una cama demasiado grande —replica Tom.

Se sientan en la cama para pensar. No quieren estropear la casa ni renunciar a su cama, pero... ¿cómo meterla dentro?

—Podríamos probar por la ventana... —dice Chinto.

La ventana es más ancha que la puerta, aunque un poco más baja.

Lo intentan, pero acaban derrengados por el esfuerzo. La ventana es todavía más pequeña que la puerta.

—Quizá por la otra... —se le ocurre a Tom.

Dan la vuelta a la casa con la cama a cuestas. Con muchísimo trabajo la levantan e intentan introducirla, pero la ventana es demasiado pequeña. Es aún más pequeña que la ventana que mira al valle.

—¡Hay que ser borricos! —dice Chinto—. Deberíamos haber tomado las medidas antes; un metro pesa menos que un mueble.

Pero ahora la cosa ya no tiene remedio; los dos están rendidos y tienen la cabeza aturdida de tanto pensar. Tienen que buscar una solución.

—¿Y si hiciéramos un túnel por debajo de la casa, un túnel tan grande como la cama y la metiésemos por allí...? —sugiere Tom.

Chinto no acaba de verlo claro: la casa iba a parecer una topera. Además, ¿dónde van a apoyar la casa si no hay suelo?

—Esa idea tuya es una extravagancia —asegura Chinto.

—¿Qué es una extravagancia? —quiere saber Tom.

—Una idea con un agujero. Creo...

Los dos se toman el asunto muy

en serio. Tom se tapa los ojos porque le parece que así piensa mejor...

—¡Ya lo tengo! —exclama Chinto—. ¡Por el tejado...!

Retiran las tejas con cuidado y dejan la casa con la cabeza al aire, como si le hubiesen quitado el sombrero. Luego, se van al pueblo y regresan con una grúa en el tractor. Atan la cama con una cuerda y la cuelgan de la grúa. Chinto maneja los mandos. Tom dirige la maniobra desde lejos:

—¡Un poquito más arriba! ¡Ahora a la derecha! Así, así... Vas bien; déjala caer despacito...

Chinto va metiendo la cama en la casa poquito a poco. Maneja los mandos con mucha precisión..., pero la cuerda es demasiado fina y se rompe con el peso, ¡cataplaf! La cama cae dentro de la casa y se hace pedazos.

—¡Qué desastre! —se lamenta Chinto.

—¡Qué disgusto se habría llevado la tía si llega a ver este destrozo!

Chinto y Tom no se dan por vencidos. Sacan de la casa lo que queda de la cama y hacen un montón con los restos. Quieren arreglarla, así que van a buscar clavos, cola, una sierra y madera nueva. Las cortinas han

quedado un poco deslucidas, pero por fortuna están intactas. Lo que ocurre es que no se acuerdan bien de las dimensiones que tenía la cama cuando estaba entera.

—Pues, más o menos, de este tamaño —dice Tom tumbándose sobre la hierba—. Busca un palo y haz una marca alrededor.

—¿Y yo? ¿Eh? ¿Dónde duermo yo?

Se acuestan los dos en la hierba, uno al lado del otro, como si se dispusieran a dormir. Claro que no han contado con una pequeña dificultad: ¿quién va a tomar ahora las medidas?

Se sientan en el suelo y se ponen a pensar... Tom mira a Chinto de reojo y le dice:

—Es mejor que midas tú. Puedes colocar el tractor en tu lugar...

—¿El tractor?

—Sí. Y lo dejas encendido. Así me hago la idea de que estás a mi lado. Por las noches roncas como él. Las cosas hay que hacerlas como es debido.

—Eso es un disparate —protesta Chinto—. Yo no ronco así.

—¡Anda que no! ¡Como tú no te oyes...! —le dice Tom.

Chinto va por el tractor y lo coloca junto a Tom. Luego, lo apaga porque le resulta incómodo trabajar con esa cantata de fondo. El tractor es más grande que él, ocupa lo que dos o tres Chintos, por lo menos; pero no le parece una mala idea porque a él le gusta dormir a pierna suelta y para eso necesita espacio.

Ya tienen las medidas, lo que pasa es que Tom se ha quedado dormido. Y tiene un sueño tan plácido, que a Chinto le da pena despertarle.

—Iré arreglándola yo. Cuando se despierte, se va a llevar una sorpresa.

20

Empieza por las patas de la cama. Sobre ellas asienta los largueros, el cabecero y la parte de los pies. Solo le queda colocar el armazón de las cortinas. Le resulta muy trabajoso hacerlo sin ayuda porque está bastante alto, pero, por fin, remata la tarea.

—¡Tom! ¡Mira!

Tom saca la cabeza de la cama y se asoma por entre las cortinas. Está todavía medio adormilado y piensa que está asomado a una ventana de la casa...

—¡Sorpresa! —exclama Chinto.

Tom mira alrededor de Chinto, pero solo ve trozos de madera y herramientas. No hay ninguna bonita caja que pueda contener un regalo.

—¡La cama de la tía! ¡Que ya está! —explica Chinto con una paciencia infinita.

—¡Ah! —responde Tom, despertándose al fin—. ¡Vaya! ¡Ha quedado estupenda! Eres un genio, Chinto.

Chinto no cabe en sí de gozo. Tom va a su lado y los dos se ponen a contemplar la obra llenos de satisfacción; si la tía pudiera verlos, se sentiría muy orgullosa de ellos.

Al salir, Tom ha movido ligeramente la cama; esta ha empujado ligeramente al tractor, que emprende una carrera cuesta abajo con la cama encima. Chinto y Tom salen corriendo detrás de él, pero el tractor corre más que ellos y no para hasta que llega al fondo del valle. Por fortuna unas matas de retama lo han ido frenando y se detiene, sin que la cama haya sufrido ningún daño; apenas algún rasguño sin importancia. Los dos se montan en el tractor y emprenden el camino de vuelta. Solo se ve una cama con dosel que sube colina arriba, porque la cama y las cortinas ocultan a Chinto, a Tom y al tractor. Parece una cama motorizada, ¡troco-troco-troco...!

Chinto y Tom están muy preocupados. Tienen que sacar el tractor de ahí dentro. No están dispuestos a compartir sus sueños con él. Agarran la cama, cada uno por un lado, y la levantan un poco. Pero la cama pesa muchísimo y solo consiguen alzarla hasta la altura de sus rodillas. El tractor es mucho más alto, sobresale por encima de sus cabezas y, claro, no pueden. ¡Mecachis!

La noche se les echa encima y están demasiado cansados para pensar. Se meten en la casa y se tumban en el suelo tapados con la colcha de ganchillo de la cama de la tía.

—Tenemos un problema mayúsculo —dice Chinto.

—Si te acuestas triste, vas a tener pesadillas —le advierte Tom—. Tenemos una bonita casa y la cama de la tía ha quedado preciosa. Mejor que antes, si me apuras.

—Esa es una gran verdad —dice Chinto hinchado como un pavo.

—Buenas noches, Chinto.

—Buenas noches, Tom.

2

AL día siguiente se despiertan muy temprano. La casa está llena de sol porque todavía está sin tejado.

—Tú colocas las tejas —dice Tom—. Y yo pienso.

Tom se sienta a mirar el mar. Se pasa así toda la mañana, pero no se le ocurre qué se puede hacer para sacar el tractor de dentro de la cama. Por un momento se le pasa por la cabeza volver a echar mano de la grúa, pero prefiere no hacerlo. No

vaya a ser que tengan otro acciden-
te...

Al cabo de un rato, aparece Chinto,
que ya ha terminado su trabajo.

—¿Sabes ya lo que vamos a hacer?

—Todavía no.

—¿No se te ha ocurrido nada, ni
tan siquiera una idea extravagante?

—Ni tan siquiera eso.

Chinto se sienta en la hierba, de
espaldas a Tom, la mirada perdida en
el valle.

—¿Y si serráramos la cama por un
lado? —propone Tom.

—¡Ni hablar! —responde Chinto—. La cama de tía Carmela no se toca.

Tom insiste:

—Podríamos ponerle unas bisagras al cabecero como si fuera una puerta. La abrimos y sacamos el tractor: ¡troco-troco-troco! Luego, la cerramos y la cama vuelve a ser lo que era...

Chinto calla; lo que dice Tom no parece tan descabellado, pero la cama de la tía no es un cobertizo ni un garaje. Una cama tan hermosa no merece recibir un trato tan humillante.

Se pasan todo el día dándole vueltas al asunto. Chinto observa los hórreos en las eras de las casas, allá abajo, en el valle. Parecen casitas de juguete para guardar el grano, casitas altas y esbeltas, alzadas. Alzadas sobre cuatro pilares de piedra. Y en ese momento se le ocurre una idea brillante: hacerle a la cama unas patas muy altas, tan altas como el tractor. Le parece más digno una cama de segundo piso que una cama con portal.

Chinto y Tom se ponen a la faena. Hacen unas bonitas patas de madera torneada, que imitan el tallo de una enredadera trepando alrededor de una columna. Las colocan en el lugar de las otras y las refuerzan con gruesos tornillos para que la cama no se venga abajo.

Chinto se monta en el tractor y lo saca de debajo de la cama. Se lo lleva bien lejos y calza las ruedas con piedras. No quiere que se vuelva a marchar sin conductor.

Los dos han quedado contentísimos de su trabajo. Es una cama de mucha altura. Las cortinas oscilan ligeramente impulsadas por la brisa.

—Parece un velero de aventuras —dice Tom.

En cuanto se hace de noche, deciden estrenar la cama nueva. No piensan dormir en el suelo como la noche anterior. Traen una escalera y los dos suben a acostarse. La vista es espléndida y el colchón blandito y muy cómodo. Se arrebujan bajo las mantas y permanecen con los ojos abiertos.

—Ha sido una buena idea lo de las patas altas —dice Chinto—. Aquí arriba no llegan los ratones, y a mí me dan un poco de asquito...

—Tienes razón —responde Tom—, pero el *Vión Malo* anda por el aire...

—¡Mecachis! ¡Es verdad...! —admite Chinto inquieto—. ¿Me dejas que te coja la mano?

Tom alarga la mano y Chinto se la aprieta con fuerza. Así se siente más seguro.

—No me la sueltes, ¿vale?

—Buenas noches, Chinto.

—Buenas noches, Tom.

3

A pesar de que la cama es muy có-
moda y de que ha hecho una noche
agradable, no han dormido nada
bien. Han pasado miedo estando al
sereno y a tanta altura, expuestos al
vuelo del *Malo*.

Y lo peor de todo es que, si antes
resultaba difícil meter la cama en la
casa, ahora va a ser todavía más com-
plicado. Chinto, tapado hasta las ore-
jas, permanece con los ojos muy
abiertos, atento a cualquier ruidito,

hasta que ve al sol asomarse por detrás de las montañas que rodean el valle. Entonces suelta un suspiro de alivio. Al *Malo* no le gusta la luz.

Los pájaros madrugadores van y vienen por el aire atareados en busca de comida. Algunos cantan canciones de amor desde los árboles cercanos. Chinto observa cómo un jilguero se columpia por entre las ramas del joven castaño. Se está construyendo un nido con palitos y briznas de hierba seca, que recoge por los alrededores. Ha comenzado por la base; luego, desde dentro, le ha ido dando forma levantando las paredes a su alrededor...

«¡El jilguero sí que es listo!», piensa Chinto. «Con él dentro, la casa no le queda ni pequeña ni grande: es un nido a medida...»

Se incorpora rápidamente y llama a Tom:

—¡Despierta, que ya lo tengo!

—¿El qué? —pregunta Tom sin comprender nada.

—Si no podemos meter la cama en la casa, podemos poner la casa en la cama.

A Tom le parece que eso no tiene ni pies ni cabeza; pero a pesar de ello es todo oídos. Chinto le explica: construirán una casa sobre la cama,

de este modo tienen solucionado el problema de las medidas.

Bajan al pueblo y cargan el tractor con todos los materiales necesarios para construir una casa nueva. Comienzan por las paredes; las levantan alrededor de la cama con dosel. Le ponen el tejado y la pintan. Queda igualita que la anterior: una puerta; una ventana de cara al mar y otra mirando al valle. Viéndolas juntas en la cima de la colina parecen dos casas gemelas. Solo hay una diferencia: una tiene cama, la otra no.

Por la noche se acuestan plácidamente. Están felices de dormir a cubierto.

—Aún nos queda un problema —dice Chinto—. ¿Qué vamos a hacer con la otra casa?

—No te calientes la cabeza —le responde Tom—. Tenemos una buena cama dentro de una hermosa casa. Mañana será otro día.

—Buenas noches, Chinto.

—Buenas noches, Tom.

4

Han dormido profundamente porque estaban muy cansados y tenían sueño atrasado. Chinto y Tom se despiertan bien entrada la mañana y saltan de la cama a toda prisa. Se les ha olvidado que están en una cama de segundo piso y se dan un porrazo contra el suelo. Nada grave. Unos coscorrones sin importancia y alguna magulladura.

—Tenemos que practicar para acostumbrarnos —dice Tom—. Llevamos muchos años durmiendo a ras del suelo. Digo yo que las gallinas deben de aprender muy pronto. Desde muy pequeñas saben bajar de lo alto de los ponederos sin pegarse batacazos.

—Es que ellas tienen cerebro de gallinas; el nuestro es de gente.

—Sí, eso sí.

Suben por las escaleras y se echan a dormir. Para cuando se despiertan ya es mediodía.

—Buenos días, Chinto.

—Buenos días, Tom.

—¿Has descansado bien?

—Así, así... tengo la espalda molida —dice Chinto.

—Yo también. Deberíamos ensayar otro poco —propone Tom—. ¿Tú crees que se nos pondrá cerebro de gallina si hacemos esto muy a menudo?

—Yo creo que no —responde Chinto no muy convencido del todo.

Bajan por la escalera, vuelven a subir y se tumban en la cama. Echados se encuentran mucho mejor, pero ya no tienen sueño, así que deciden dedicar el resto del día a meditar acostados. Todavía les queda por solucionar el problema de la casa sin cama.

—Puede servir de garaje para el tractor, ¡pobrecito! A lo mejor no le gusta dormir al sereno —propone Tom.

—Seguro que no cabe por la puerta —dice Chinto.

—Podíamos probar —replica Tom—. Es mucho más pequeño que la cama.

A Chinto no le parece una buena idea. ¿Y si el tractor se larga otra vez colina abajo llevándose la casa puesta? Subir un tractor por la cuesta con una casa encima no debe de ser nada fácil.

—Además —añade Chinto—, los tractores no tienen sentimientos.

Lo mismo les da dormir al sereno que no.

Tom no está muy seguro. El aire que viene del mar y la lluvia le oxidan el motor. Cada vez que lo ponen en marcha se queja con ruidos extraños... ¡Troco-troco-troco-ñec...! Es su manera de decir que no se encuentra bien.

—En cuanto solucionemos lo de la casa, tenemos que hacerle un cobertizo al tractor —dice Tom.

—Ya veremos —corta Chinto ensimismado y un poco molesto; Tom le está distrayendo de sus cavilaciones...

Tom está ya muy cansado de discurrir. Bosteza, se hace un ovillo bajo las mantas y dice:

—Buenas noches, Chinto.

—Buenas noches, Tom.

5

Cuando Tom se despierta, Chinto ya no está en la cama. Todavía le duele la espalda por la caída del día anterior, así que baja por las escaleras con mucho cuidado. Oye martillazos, y, cuando sale fuera, ve a Chinto colocando un cartel sobre la puerta de la otra casa:

CARPINTERÍA
CHINTO Y TOM

—¿Qué te parece, eh? —pregunta Chinto—. Haremos muebles de encargo, ya somos unos expertos. ¿A que es una idea magnífica?

—¿Qué es magnífica? —quiere saber Tom frotándose los ojos.

—Una palabra de negocios, de grandes negocios —explica Chinto.

—¡Ah!

A Tom no le parece ni bien ni mal, porque entiende de negocios todavía menos que de medidas. Así y todo, asiente. Chinto es listo y sabe lo que se hace.

Ponen un banco de carpintero y estanterías en las paredes con todas las herramientas necesarias para fabricar muebles: martillos, clavos, berbiquís, sierras de varios tamaños, lijas, gubias... Y un montón de utensilios más.

Luego, cuando acaban, se sientan a la puerta de la casa a la espera de clientes. Ahora tienen un negocio y deben atenderlo. El tractor puede esperar.

De pronto suena el móvil de Chinto.

—Quiero que me hagan un armario —dice una voz de mujer—. De tres hombres de alto, dos hombres de ancho y un hombre de fondo.

Luego, cuelga.

—¡Caray! —exclama Tom—. ¿Querrá un armario para meter dentro a toda la familia con los trajes puestos?

Chinto se encoge de hombros. Cierto que es un gran armario, pero a lo mejor tiene mucha ropa que guardar, muchos zapatos y sombreros. Hay personas así. De todos modos, el cliente siempre tiene razón; y, después de todo, a ellos ni les va ni les viene lo que ella vaya a hacer con semejante mueble. Inmediatamente se ponen al trabajo.

Mientras Chinto organiza la tarea, Tom acarrea madera en el tractor. Necesitan muchísima y tiene que hacer varios viajes al pueblo.

Sube por la cuesta con el tractor a rebosar de tablas y, de repente, este hace: ¡troco-troco-ñec-pluf! Se para y no anda más. Tom chapucea por aquí y por allá con la llave inglesa, pero no hay nada que hacer. Las piezas del motor se desmenuzan como arena, a causa del óxido.

—¡Si ya sabía yo que tú estabas muy malito! —exclama Tom lloriqueando.

Excava al borde del camino un

54

hoyo enorme. Luego descarga la madera del tractor y lo empuja hasta hacerle caer en la fosa. Los ojos se le empañan de lágrimas mientras lo cubre con tierra. Le resulta muy duro enterrar a un compañero de fatigas. Pone sobre la sepultura un ramo de flores y un cartel que dice:

Eras más que un tractor,
eras como un pariente.
Vas en nuestro corazón.
No te olvidan Chinto y Tom.

Luego, emprende el camino hacia casa y sube la cuesta muy despacio, como sin ánimo. No puede apartar de su cabeza la imagen del tractor difunto.

—¿Por qué has tardado tanto? —le pregunta Chinto—. Llevo toda la tarde de brazos cruzados esperando la madera.

Tom le cuenta lo sucedido y los dos se abrazan llorando. Como ya se ha hecho de noche, se van a dormir.

—Hoy hemos perdido un amigo —dice Tom.

—Pero hemos ganado un cliente —le responde Chinto—; con lo que nos pague nos compraremos un tractor nuevo.

—Tienes razón —admite Tom—, aunque nunca será igual.

—No. Yo también le voy a echar de menos.

—Buenas noches, Chinto.

—Buenas noches, Tom.

Esta noche se han acostado tristes.

6

AL día siguiente, Chinto continúa trabajando en el armario, mientras Tom acarrea las tablas a la espalda. Respira aliviado cuando Chinto le dice que ya no necesita más madera. El armario está terminado. ¡Oh! Es un precioso armario color miel de bosque, con sus cajones, sus puertas con tiradores dorados y sus estantes para colocar la ropa, bien ordenada. Por los costados del armario y como remate, Chinto le ha tallado una cenefa de hojas y flores.

Las patas, gruesas y sólidas, tienen forma de garras de león. Es un hermoso armario, grande, pero que muy grande. Tan grande que casi ocupa la casa entera. Ni Chinto ni Tom han caído en la cuenta de un pequeño detalle: el armario no cabe por la puerta. Harían falta ocho puertas como esa para poder sacar ese inmenso mueble.

Chinto y Tom están muy tristes y mohínos sin saber qué hacer.

Le han dicho a la señora que puede venir a recoger su armario esta tarde. ¿Qué van a decirle cuando llegue?

—¡Bueno, pues que se las apañe! —dice Tom—. A nosotros no nos pagan por discurrir. En cuanto llegue le decimos: «Ahí lo tiene, nos debe usted tanto». Y ya está, allá ella.

—¿Sí, eh? Entonces va la señora y se marcha sin el armario y sin pagarnos a encargarle el armario a otro carpintero. ¡Pero qué ceporro eres!

Tom baja la cabeza, disgustado. Chinto trata de encontrar una solución.

Necesitan el dinero para comprar un tractor nuevo y para pagar la madera que han dejado a deber. Las cosas parecen ir de mal en peor. A Chinto nunca se le ocurrió pensar que montar un negocio pudiera resultar tan estresante. Esta vez es Tom el que tiene una idea:

—¡Le vendemos el armario con la casa!

—¿Y la carpintería?

—Lo mejor es que nos busquemos otro oficio, esto de los muebles no es para nosotros. Además, siempre viene bien tener cerca una vecina a la que se le pueda pedir una lata de atún.

Chinto está de acuerdo. La verdad es que se sienten un poco aburridos y solos en lo alto de la colina. Lo que hace falta es que la clienta esté de acuerdo.

La llaman por teléfono y ella dice que no hay problema, que vende su casa, recoge sus cosas y por la mañana temprano se viene a su nuevo domicilio.

Chinto y Tom se van a dormir la mar de contentos con el trato que acaban de hacer. Van a ganar mucho dinero y, además, van a tener una vecina con la que charlar por las tardes.

—¿Le gustará el mar? —pregunta Tom.

—Puede que sí, puede que no.

—Buenas noches, Chinto.

—Buenas noches, Tom.

7

Se han levantado muy afanosos y han limpiado con todo cuidado las dos casas. Han arrancado las malas hierbas del jardín y se han puesto sus mejores trajes para recibir a la vecina. Quieren causarle buena impresión. Tom ha preparado un bizcocho para convidarla.

—¿Sabes cómo se llama?

—Cándida —responde Chinto.

Tom escribe con nata sobre el bizcocho: «¡Viva Cándida!».

—Oye —dice Chinto—, yo creo que cosas así solo se les ponen a los ciclistas cuando ganan una carrera. No me parece muy adecuado para una visita.

—¿Tú crees? ¿Qué pongo entonces?

—Pues se me ocurre que algo así:

Bienvenida, Cándida,
a esta vecindad.
Tendrás aquí amigos
y felicidad.

—Eso es bonito —dice Tom—, y más poético; pero no sé cómo se borra la nata. Lo de «¡Viva...!» ya no vale.

—La nata se borra con la lengua, lamiéndola.

—¡Eso es una porquería! —dice Tom indignado—. ¡Ni se te ocurra pensarlo!

Chinto se le queda mirando con una sonrisa pícara. Y, de repente, un estruendo terrible les saca de su discusión. ¡Plom! ¡Plom! ¡Plom! Cada golpe va seguido de una sacudida. Tiemblan las paredes de la casa, los muebles y las contraventanas. Los platos y los cacharros de la cocina tintinean entrechocándose en los anaqueles.

—¡Un terremoto! ¡Venga, tenemos que salir de aquí!

El tremendo temblor se va acercando cada vez más a la casa y ellos están muy asustados. Tom intenta retroceder para recuperar el bizcocho y que no muera espachurrado, pero Chinto se lo impide:

—¿Estás loco? ¡La casa puede derrumbarse en cualquier momento!

En cuanto salen fuera se dan cuenta de lo que sucede.

Subiendo por el camino viene Cándida cargada con su maleta.

¡Plom! ¡Plom! Chinto y Tom se llevan tal susto que se caen al suelo desmayados, como si fueran dos bolos de madera. Su nueva vecina ¡es una giganta!

Cuando recobran el sentido, ven a Cándida sentada sobre su maleta y mirándolos. Es tan grande como una casa. Chinto y Tom se levantan, se sacuden la ropa y la saludan muy educadamente. La giganta es de pocas palabras:

—¿Dónde está mi casa?

Chinto y Tom no saben qué decir. Balbucean:

—Es que... Pues... Nosotros...

—El armario está ahí dentro —explica Tom— y ha quedado precioso...

La giganta no dice nada. Está claro que no cabe por la puerta porque es más grande que la cama con dosel, más grande que el armario. Ni siquiera su maleta podría entrar por ahí. Chinto y Tom no saben qué hacer. Tom va a por el bizcocho y se lo ofrece muy amablemente.

Cándida lo toma delicadamente con dos dedos y, como quien se toma una aceituna, se lo traga sin apenas masticarlo. Ni siquiera se da cuenta de que tiene una frase de bienvenida escrita con nata. Chinto llama a Tom y los dos se van a la casa para poder hablar a solas.

—¿Y ahora qué vamos a hacer? —pregunta Chinto.

—Le decimos que se marche. Aquí no podemos meterla en ningún sitio.

—No tiene adónde ir. Ha vendido su casa —dice Chinto enfadado y forzando la voz para que no se le oiga desde fuera.

—Pues le construimos una casa alrededor de ella, como hicimos con la cama.

—¿Y el armario?

—El armario se queda donde está. Una casa para el armario, una casa para nosotros, una casa para Cándida... —dice Tom.

Chinto y Tom salen de la casa y le cuentan sus planes a la mujer gigante. Ella dice que sí con la cabeza, se levanta y se pone a caminar buscando un lugar adecuado para instalarse. A cada uno de sus pasos la tierra tiembla como un flan bajo sus pies. Se sienta junto a la casa del armario y dice:

—Aquí mismo. Quiero una casa como esas otras.

Chinto baja al pueblo y Tom abre la maleta de Cándida y va llevando su ropa, pieza a pieza, en una carretilla hasta el armario. Ahora ya

comprende por qué alguien necesita un mueble tan colosal.

Cuando está colocando ropa en el cajón de abajo, oye un ruido:

¡Troco! ¡Troco! ¡Troco...! Chinto está de vuelta con el tractor nuevo lleno de materiales de construcción. Se ponen los dos a la tarea, y al anochecer ya tienen hecha la casa sobre la giganta sentada. Es igual igual que las dos anteriores.

—Está bien —dice ella asomando un ojo por el ventanuco del desván.

Chinto y Tom están muy satisfechos, pero todavía les queda algo por hacer: un cobertizo para el tractor nuevo. Clavan en el jardín cua-

tro postes y colocan sobre ellos la maleta abierta de Cándida, a manera de tejadillo. Y ahora sí. Ahora todo está bien.

Chinto y Tom están muy cansados. Hoy han trabajado de firme y están rendidos. Se dejan caer en la cama como dos sacos de harina.

—Tenemos un problema —dice Chinto—: la vecina.

—Es un cardo borriquero, pero parece buena mujer —comenta Tom.

—No es eso, es que ronca como cien tractores juntos.

—Así espantará al *Vión Malo*.

—No había pensado en eso —dice

Chinto con una sonrisa—; seguro que con una vecina como Cándida ni se le ocurrirá asomar el hocico por aquí.

—Pues sí... —dice Tom bostezando—. Buenas noches, Chinto.

—Buenas noches, Tom.

Seguro que estarás pensando qué es lo que va a ocurrir cuando Cándida quiera salir de la casa... Eso no va a pasar porque la gente gigante es muy, pero que muy tímida, y casi siempre permanece escondida.

¿He dicho casi siempre?

Pues eso, casi siempre...

78

Si te ha gustado este libro, también te gustarán:

La sopera y el cazo, de Michael Ende
El Barco de Vapor (Serie Azul), núm. 71

Los reyes Camuflo y Camelina han tenido una hija: Praliné.
Los reyes Pantuflo y Pantina, un hijo: Tafilín. Ambas parejas
reales olvidan invitar al bautismo al hada Serpentina Casca-
rrabias, y esta, para vengarse, les hace un regalo mágico: a unos,
una sopera sin cazo; a otros, un cazo sin sopera.

Las hadas verdes, de Agustín Fernández Paz
El Barco de Vapor (Serie Azul), núm. 94

Diana se levantó y fue corriendo a la ventana, que había dejado
abierta por el calor. Asustada, subió la persiana, adivinando ya
el espectáculo que iba a ver. Frente a ella, el monte del Castro
ardía como si fuese una hoguera de gigantes.

La pulga Rusika, de Mariasun Landa
El Barco de Vapor (Serie Azul), núm. 97

La pulga Rusika sueña con ser bailarina. Y para aprender a
bailar, nada mejor que ir a Rusia. Así que se pone en camino
y, durante el viaje, recorre varios países, conoce a personajes
pintorescos y vive un montón de divertidas aventuras.

EL BARCO DE VAPOR

Chinto y Tom

Gloria Sánchez

Premio Lazarillo 2000

Ilustraciones de Irene Fra

Traducción de P. Rozarena

Joaquín Turina 39 28044 Madrid

Primera edición: mayo 2001
Cuarta edición: noviembre 2003

Colección dirigida por Marinella Terzi

Título original: *Chinto e Tom*
© Gloria Sánchez, 2001
© Ediciones SM, 2001
   Joaquín Turina, 39 - 28044 Madrid

ISBN: 84-348-8101-2
Depósito legal: M-39305-2003
Preimpresión: Grafilia, SL
Impreso en España / *Printed in Spain*
Orymu, SA - Ruiz de Alda, 1 - Pinto (Madrid)